W0110736

PETITES HISTOIRES DE LA MYTHOLOGIE

Zeus
le roi des dieux

Hélène Montardre

Nathan

CHAPITRE 1

UNE MYSTÉRIEUSE CLAIRIÈRE

Au milieu des montagnes de Crète se trouve une clairière. L'air y est doux et la lumière transparente. Le soleil y est plus chaud qu'ailleurs et la nuit plus profonde. Plusieurs chemins y mènent, mais ils sont invisibles ! Car la clairière est le refuge des nymphes et elles tiennent à leur tranquillité. Jamais personne ne vient dans ce lieu et nul ne connaît le secret qu'il abrite.

Dans la clairière oubliée, ce secret est bien gardé. Il s'agit d'un jeune garçon que les nymphes élèvent à l'abri du reste du monde. Grâce à elles, l'enfant mène une vie tranquille et joyeuse. Ici, tout pousse en abondance et les nymphes aiment jouer, danser et chanter.

Le garçon ne s'éloigne pas de la clairière. Il parcourt juste la montagne environnante et sa voix résonne :

– Amalthée ! Amalthée !

Le voilà qui grimpe une pente herbeuse. Il est rouge, essoufflé, mais la chèvre Amalthée s'en moque ! Elle le guette du coin de l'œil, et dès que le garçon va la toucher, hop ! elle se dégage d'un bond et gagne les rochers voisins.

– Je n'en peux plus ! finit par déclarer l'enfant.

Il se laisse tomber dans l'herbe, sur le dos, les yeux perdus dans le bleu du ciel, ignorant complètement la chèvre.

Du bout de ses longues dents, Amalthée arrache un brin d'herbe, puis un autre. Elle se rapproche insensiblement du garçon couché sur le sol. Elle reste méfiante ! Il s'agit peut-être d'une ruse...

Elle l'observe. Non. Le garçon a fermé les yeux et ne lui accorde aucune attention. Rassurée, elle vient un peu plus près. Alors l'enfant bondit et attrape l'une de ses cornes.

Il clame :

– Je t'ai bien eue ! Je t'ai bien eue !

La chèvre éclate de rire.

– C'est vrai ! Encore une fois, tu m'as bien eue. Tu es rusé, Zeus ! Ce que tu ne peux atteindre par la force, tu l'obtiens grâce à ton intelligence. Cela te sera très utile un jour, tu verras.

– Peut-être ! En attendant, j'ai faim, réplique l'enfant. Tu m'as fait courir, aujourd'hui !

La chèvre ne se fait pas prier. Elle penche gracieusement la tête vers le garçon, qui tire l'une des cornes vers sa bouche. Aussitôt, un liquide en jaillit. Il a la couleur du miel et un parfum qui ne ressemble à aucun autre. Zeus l'avale avec délices.

La chèvre se dégage.

– Bientôt, tu seras trop fort pour moi ! grogne-t-elle gentiment.

Zeus grandit et il pose de plus en plus de questions aux nymphes :

– Pourquoi jamais personne ne vient ici ? Qu'y a-t-il au-delà de la montagne ? Et de l'autre côté de la forêt ? Je sais qu'aucune de vous n'est ma mère. Qui est ma mère alors ? Où est-elle ? Pourquoi je ne me souviens pas d'elle ? Et mon père ? Vous ne me dites rien de mon père !

Les nymphes répondent parfois :

– Personne ne vient ici car nul ne doit connaître ton existence.

Mais Zeus veut en savoir plus.

– Pourquoi ? questionne-t-il.

– Pourquoi ! Pourquoi ! Tu le sauras quand tu seras grand.

– Expliquez-moi au moins pourquoi je n'ai aucun souvenir de ma mère, supplie Zeus.

– Tu ne t'en souviens pas car tu étais un bébé quand elle t'a conduit ici.

– Pourquoi m'a-t-elle confié à vous ?

– Pourquoi ! Pourquoi ! Elle avait une bonne raison, voilà ! En fait, elle t'a sauvé la vie.

Zeus réfléchit quelques instants et reprend :

– Et mon père ?

Il y a un silence et l'une des nymphes répond :

– Ton père, il vaut mieux pour toi que tu ne l'aies jamais rencontré.

– Pourquoi ?

– Pourquoi ! Pourquoi ! Ce n'est pas le moment de te raconter cette histoire.

Zeus se tait. Inutile d'insister, il n'en apprendra pas plus.

CHAPITRE 2

DRÔLE D'HISTOIRE

En grandissant, Zeus obtient des réponses aux questions qu'il pose.

Il sait à présent ce qu'il y a au-delà de la montagne : il y a la mer. Et de l'autre côté de la mer, une terre immense, beaucoup plus vaste que celle où il vit. C'est de là qu'est venue sa mère. Il connaît aussi son nom : Rhéa.

Sur son père, en revanche, les nymphes restent muettes.

Zeus est de plus en plus insistant.

– Il doit bien exister ! clame-t-il. Dites-moi au moins comment il s'appelle !

– À quoi cela te servirait-il ? répondent les nymphes.

– À savoir qui je suis ! réplique Zeus, furieux.

Un jour, excédée, l'une des nymphes lâche :

– Estime-toi heureux que ton père ne t'ait pas dévoré, comme les autres !

Zeus est éberlué.

– Dévoré ? répète-t-il.

Puis :

– Comme les autres ? Quels autres ?

Les nymphes comprennent qu'elles ne peuvent plus reculer. Zeus est assez grand à présent pour entendre son histoire. Elles rassemblent leurs souvenirs et commencent à raconter.

– Ton père se nomme Cronos. C'est un Titan. Il est même le roi des Titans.

La nymphe baisse le ton en prononçant ces paroles, comme si Cronos pouvait les surprendre !

– Il est très fort et aussi très puissant, reprend-elle. Tout le monde le craint. À juste titre ! Car il a toujours vaincu ceux qui l'ont défié, et il les a enfermés au plus profond du ventre de la Terre.

Zeus retient son souffle tandis qu'une autre nymphe poursuit :

– Mais Cronos a un problème... On lui a prédit qu'il serait détrôné par l'un de ses enfants.

– Alors, enchaîne la première nymphe, lorsqu'un enfant naît, il n'hésite pas, il l'avale aussitôt.

– Il l'avale... murmure Zeus, avant de questionner d'une petite voix : Et moi ?

– Toi... Un jour, ta mère en a eu assez de voir ses enfants disparaître dès leur arrivée au monde. Quand elle a su qu'elle t'attendait, elle a décidé que cette fois, ce serait différent. À ta naissance, elle est venue ici, en Crète, dans le plus grand secret, et elle nous a demandé de prendre soin de toi.

– Et Cronos ne s'est aperçu de rien ? s'exclame Zeus.

– Ta mère est maligne, explique l'une des

nymphes. Elle lui a donné une grosse pierre enveloppée de linges en prétendant qu'il s'agissait du nouveau-né. Il n'a rien vu…

Zeus reste un long moment silencieux. Il a l'impression qu'un gouffre vient de s'ouvrir devant lui. Il voulait connaître la vérité, voilà qui est fait ! Et cette vérité est terrible.

– Alors, commence-t-il, cela signifie que j'ai des frères…

– Et des sœurs ! confirme l'une des nymphes.

– Deux frères et trois sœurs, précise une autre.

– Tu es issu d'une grande famille, continue une troisième. Ta grand-mère est Gaia, la Terre. Elle a donné naissance à ton père, aux autres Titans, à leurs sœurs les Titanides, et à une foule d'enfants qui sont donc tes oncles et tes tantes.

– Mon père est vraiment un Titan, alors ? insiste Zeus.

– Bien sûr !

– À quoi ressemble-t-il ?

– Eh bien... À toi quand tu seras grand...

– Il est particulièrement fort, ajoute une autre nymphe. Comme tous les Titans.

– Et cette foule d'enfants, mes oncles et mes tantes, qui sont-ils ?

– Nous t'en parlerons une autre fois ! dit une nymphe d'un ton léger.

Zeus se détourne, songeur. Ainsi, il fait partie d'une grande famille.

Il s'éloigne. Il a besoin d'être seul pour réfléchir à tout ce qu'il vient d'apprendre.

Il grimpe au sommet de la montagne et se tourne vers la mer.

Il comprend qu'un jour, il partira. Il ira à la rencontre de cette famille inconnue.

CHAPITRE 3

LE ROI DES TITANS

Le temps a passé et Zeus a grandi.

Voilà des jours à présent qu'il a quitté la clairière, les nymphes et la chèvre Amalthée. Il a traversé la mer et cherché son père sur la grande terre où il a accosté. Et il a fini par découvrir son refuge. Maintenant, il veut le voir, ce Titan dont tout le monde a peur.

Il veut soutenir son regard.

Il veut le défier.

Installé dans l'ombre d'un bosquet, il guette.

L'aube vient à peine de se lever et la falaise qu'il observe s'éclaire doucement. Les yeux plissés, Zeus surveille un sentier qui se faufile entre des amas de pierres jusqu'à une immense ouverture.

Jusque-là, personne n'est sorti de cette caverne. Mais elle est habitée, il en est certain. De puissants ronflements s'en échappent et résonnent dans le ciel. Et parfois d'énormes rots projettent de mauvaises odeurs dans la plaine.

Zeus est patient, il attend.

Et ce matin-là, alors que les rayons du soleil effleurent le chemin, une toux brutale se fait entendre. Zeus se redresse, en alerte. Quelques instants plus tard, une gigantesque silhouette s'encadre dans l'entrée de la caverne. Zeus retient son souffle.

Le soleil monte et éclaire celui qui vient de sortir de son sommeil et qui s'étire en bâillant. C'est un géant comme Zeus n'en a jamais vu. Les muscles de ses bras, de ses jambes, de sa poitrine roulent sous sa peau. Sa tête est hirsute, hérissée de longs cheveux emmêlés.

Son visage est dévoré par une barbe noire. Et, malgré la distance, Zeus surprend son regard vif, froid et perçant.

Il frissonne. Il a soudain envie de s'enfuir, de retraverser la mer et de retrouver la clairière rassurante. Après tout, il voulait voir son père, voilà qui est fait, non ? Pourquoi aller plus loin ? Pourquoi chercher à aborder ce Titan qui n'a jamais voulu de lui ? Il ferait mieux de s'en aller.

Il ne bouge pas pourtant. Il est incapable de détacher ses yeux du Titan.

Le géant s'étire longuement et Zeus entend ses articulations craquer. Puis il s'engage dans le sentier.

La terre tremble sous ses pieds alors qu'il descend vers la plaine. Zeus devine où il se rend : vers la source qui coule à l'orée du bois, non loin des arbustes derrière lesquels il s'est abrité !

En effet, le Titan se dirige à présent droit sur lui et Zeus se fait encore plus petit. Il le voit s'agenouiller et se pencher vers l'eau claire du bassin. Il l'entend boire à grandes lampées et roter de satisfaction. Son cœur bat follement dans sa poitrine. Cet être abominable qui se trouve devant lui est Cronos, son père, le roi des Titans, celui qui terrifie le monde.

Zeus ferme les yeux. Va-t-il oser se dresser devant lui, l'aborder, lui adresser la parole, le défier, comme il se l'est promis ?

Il se secoue.

Bien sûr qu'il va oser ! Plus question de reculer, l'heure est venue.

Sans un bruit, il sort de son abri et s'avance vers le Titan. Seul le bassin les sépare quand Cronos, en se relevant, s'aperçoit de sa présence. Le Titan se redresse, dominant Zeus de toute sa taille et de toute sa puissance, et il tonne :

– Qui es-tu ? Et que fais-tu ici ?

Zeus est muet. Il détaille le visage de celui qui lui a donné la vie et il a peur. Les nymphes le lui avaient décrit pourtant, mais jamais il n'aurait imaginé qu'il puisse être aussi horrible.

– Vas-tu répondre ? reprend le Titan. Ou faut-il que je fasse sortir ton nom de ta gorge.

Zeus prend une grande inspiration et murmure :

– Je m'appelle Zeus.

– Plus fort ! ordonne le Titan.

– Zeus ! crie Zeus. Je suis Zeus !

Le Titan se frotte doucement le menton.

– Connais pas, marmonne-t-il.

– Je suis ton fils, explique Zeus très vite.

Il y a un instant de profond silence, comme si, d'un seul coup, tout s'était tu, le chant des oiseaux, le bruit du vent dans les feuilles des arbres, et même le gargouillis de la source.

Puis le Titan éclate d'un rire si énorme que le ciel lui-même en frémit :

– Ha ! Ha ! Ha ! Mon fils... Ha ! Ha ! Ha !

Il dévisage Zeus et décrète, soudain sérieux :

– Impossible.

– Si! assure Zeus d'une voix qu'il essaie de rendre ferme. Je sais ce que tu crois! Je sais ce que tu as fait de mes frères et de mes sœurs! Je le sais… Chaque fois que ma mère, Rhéa, a donné le jour à un enfant, tu l'as… tu l'as…

Zeus ne se résout pas à prononcer le mot, mais le Titan vient à son aide:

– Je l'ai avalé! Et alors?

– Alors, reprend Zeus, Rhéa en a eu assez de voir ses enfants passer de son ventre dans le tien. Quand elle s'est retrouvée une nouvelle fois enceinte, elle a décidé que c'était terminé, que cet enfant à venir t'échapperait. Peu avant ma naissance, elle s'est rendue en Crète en cachette. C'est là que j'ai vu le jour et que j'ai grandi, élevé par les nymphes à qui elle m'a confié…

– N'importe quoi! l'interrompt le Titan. Je t'ai avalé, comme les autres. Je m'en souviens très bien.

Zeus secoue la tête.

– Non. Rhéa t'a trompé. Ce n'est pas un bébé qu'elle t'a donné à dévorer, mais une grosse pierre enveloppée de langes. Et tu es si glouton que tu ne t'en es même pas aperçu ! Tu l'as enfournée sans réfléchir...

– Comment oses-tu ! hurle Cronos.

Il avance d'un pas et Zeus recule, terrifié.

Le visage du Titan est tout rouge et ses poings, qu'il a serrés, tout blancs !

Il bégaie :

– Co... Co...

Mais il titube et porte une main vers sa poitrine. Il hoquette, la bouche grande ouverte, cherchant l'air. Il se plie en deux de douleur, essaie de reprendre son souffle, n'y parvient pas. Il se redresse, se tend vers le ciel, se penche de nouveau, et soudain, un étrange objet gicle entre ses lèvres et tombe sur le sol.

Zeus ne peut détacher son regard de l'objet. Il ne l'a jamais vu, il le reconnaît pourtant, car les nymphes le lui ont souvent décrit : une pierre de la taille d'un nouveau-né, enveloppée d'un linge.

Cronos respire bruyamment et des larmes coulent de ses yeux. Zeus est incapable du moindre mouvement. Le Titan oscille devant lui, furieux. Dès qu'il aura repris son souffle, il va se jeter sur lui, c'est certain.

Heureusement, Cronos commence à tousser. Il tousse, il tousse, il tousse sans pouvoir s'arrêter, secoué de violents hoquets. Et à chaque hoquet, quelque chose jaillit de sa bouche et roule sur le sol.

Zeus ne peut en détacher son regard. Car ce ne sont pas des pierres, mais des formes humaines que son père vomit ; des formes qui grandissent dès qu'elles ont touché terre. Sans même en avoir conscience, Zeus les compte : une, deux, trois, quatre, cinq...

Il attend la sixième, elle ne vient pas.

Cronos s'est écroulé sur le sol, inanimé.

Zeus réalise que la sixième, ça aurait dû être lui.

CHAPITRE 4

À LA RENCONTRE DES CYCLOPES

Sur le sol, les formes humaines s'agitent, clignent des yeux sous la lumière du soleil et se lèvent en chancelant. Elles dévisagent Zeus. Parmi elles, il y a deux hommes et trois femmes.

– Euh... Bonjour ! lance Zeus. Je suis Zeus.

Devant leur air ahuri, il ajoute :

– Je suis votre petit frère !

Les autres n'ont pas l'air de comprendre. Leurs regards passent de Cronos qui ne bouge plus à cet inconnu qui les examine.

Zeus poursuit à l'intention du plus grand des deux hommes :

– Si je ne me trompe pas, tu es Poséidon !

Celui à qui il s'adresse hoche la tête.

– Et toi, tu es Hadès, n'est-ce pas ? enchaîne Zeus à l'intention de l'autre.

Puis il se tourne vers les trois femmes.

– Voici donc mes sœurs, Héra, Hestia et Déméter.

Chacune incline le visage à l'énoncé de son nom.

– Eh bien, ne restons pas là, dit Zeus.

Il désigne Cronos qui n'a pas bougé.

– Notre père est un Titan et, comme nous, il est immortel. Autant être loin quand il se réveillera...

– D'autant que...

C'est Hadès qui a pris la parole, mais sa voix n'est qu'un murmure.

Il s'éclaircit la gorge et reprend :

– D'autant qu'il ne va pas rester seul longtemps !

Cette fois, sa voix résonne haut et fort et cela lui donne de l'assurance. Il explique :

– De l'intérieur de son ventre, nous avons entendu beaucoup de choses. Notre père a de nombreux frères et sœurs. Lorsqu'ils sauront ce qui lui est arrivé, ils seront furieux contre nous.

– Alors ce sera la guerre, déclare Zeus.

– Nous ne sommes pas de taille à lutter contre les Titans et les Titanides ! s'exclame Héra.

Zeus réfléchit quelques instants. Héra n'a pas tort. Que peuvent-ils faire à eux six contre une armée de Titans ? Un sourire étire enfin ses lèvres.

– Si nous trouvons des alliés, nous serons aussi forts qu'eux ! assure-t-il.

Des alliés... Poséidon, Hadès, Héra, Hestia, Déméter n'ont aucune idée de la façon de trouver des alliés. Mais Zeus, lui, a l'air de savoir. Alors ils le suivent.

Leur jeune frère les entraîne vers la falaise qu'il commence à longer en l'examinant soigneusement. Manifestement, il cherche quelque chose. Il s'arrête enfin devant une faille et décide :

– C'est là.

Les autres se regardent, perplexes.

– Par ici, nous pouvons descendre dans le ventre de la Terre, explique Zeus.

– Ah non ! s'exclame Poséidon, dégoûté. Nous avons passé notre enfance et notre jeunesse dans le ventre de notre père, ça suffit à présent ! Pas question de nous enfermer à nouveau…

– Il ne s'agit pas de se laisser enfermer, le coupe Zeus. La Terre est notre grand-mère. Et elle abrite ceux qui nous aideront à vaincre les Titans.

Il semble si sûr de lui quand il s'engage dans la faille que les autres le suivent, même Poséidon.

Le chemin descend en pente douce et ils avancent dans une semi-obscurité.

– Zeus, chuchote Déméter. Tu sais où tu vas ?

– À peu près, grogne Zeus.

– Qui cherches-tu, exactement ? insiste Hestia.

Sans cesser de marcher, Zeus raconte :

– Notre grand-mère a eu de nombreux enfants. Cronos, notre père, est l'un d'eux, comme les autres Titans, et comme les Titanides. Mais la Terre est aussi la mère des Cyclopes.

Hadès, qui se tient juste derrière Zeus, s'arrête net et les autres viennent buter contre lui.

Zeus ne s'aperçoit de rien. Il enchaîne en s'enfonçant dans l'ombre :

– Les Titans et les Cyclopes ne s'entendent pas du tout. À tel point que les Titans se sont débrouillés pour que les Cyclopes ne sortent plus du ventre de la Terre. À mon avis, ils ont très envie de voir la lumière du jour, et si nous les aidons...

Zeus se retourne et réalise que plus personne ne le suit.

Il revient quelques pas en arrière en appelant :

– Eh bien, que faites-vous ?

La voix de Poséidon lui parvient :

– Les Cyclopes sont monstrueux ! Beaucoup plus forts que nous ! Ils vont nous massacrer, ça ne fait aucun doute.

Zeus rejoint ses frères et sœurs et les regarde tranquillement.

– Vous avez peur des Cyclopes ?

Poséidon, Hadès, Héra, Hestia et Déméter se regardent, embarrassés.

– Pas vraiment... commence Poséidon.

– Nous sommes des dieux, l'interrompt Zeus. Nous n'avons pas à craindre les Cyclopes. Et puis réfléchissez : je vous ai libérés, non ?

– Oui, murmure Poséidon.

– Et à présent, as-tu envie de m'aider ou de me massacrer ?

– Euh... de t'aider... marmonne Poséidon.

– Pour les Cyclopes, ce sera la même chose, conclut Zeus. Allez, on y va ! fait-il en reprenant sa marche. D'ailleurs, ils ne sont que trois ! Alors que nous sommes six...

Poséidon a raison. Les Cyclopes sont monstrueux, terrifiants et de toute évidence bien plus forts qu'eux ! Même à six contre trois, Zeus et ses frères et sœurs n'ont aucune chance.

En plus, les Cyclopes n'ont pas l'air commodes. Ce sont des géants qui dominent largement Zeus et ses frères. Leurs bras sont démesurés et leurs mains énormes. Quant à leur visage... Ils ont non pas deux yeux, mais un seul, en plein milieu du front !

Mais Zeus aussi a raison.

Il salue les Cyclopes par leur nom :

– Bonjour à vous, Brontès, Stéropès, Argès. Nous sommes vos neveux...

Puis il leur explique la raison de leur venue.

Quand il se tait, les Cyclopes s'éloignent quelques instants pour se concerter. À leur retour, leur décision est prise : ils promettent d'aider les six frères et sœurs en cas d'une attaque des Titans.

Mieux encore, Brontès tend à Zeus un étrange objet. Il a la forme d'une flèche brisée, la couleur du feu, la lumière de l'orage.

Poséidon, Hadès, Héra, Hestia et Déméter reculent à sa vue.

Pas Zeus.

Il s'oblige à ne pas bouger d'un pas. Il hésite cependant à tendre la main.

– Prends ! insiste Brontès. Il ne te brûlera pas.

Zeus effleure l'objet du bout des doigts. Effectivement, il est frais et d'une étrange douceur.

– On dirait un éclair, murmure-t-il.

– C'est un éclair, confirme le Cyclope. Nous avons appris à les fabriquer et à les utiliser. Nous t'offrons ce secret. Tu seras le seul parmi les dieux à le posséder.

Le Cyclope s'adresse aux frères et sœurs de Zeus :

– Ne vous avisez pas d'y toucher ! Il vous détruirait. Allons, à présent ! décide-t-il en s'engageant sur le chemin.

Quand Brontès, Stéropès et Argès arrivent à l'air libre, ils s'arrêtent. La clarté du jour les éblouit et leur œil unique se gonfle de larmes. L'air s'engouffre dans leurs narines, et leurs poumons piquent sous sa fraîcheur. Le chant des oiseaux emplit leurs oreilles et une étrange émotion s'empare de leur cœur.

Ils restent un long moment sans bouger tandis que Zeus, Poséidon, Hadès, Héra, Hestia et Déméter les observent. Enfin, ils se secouent, essuient leur œil d'un geste furtif et demandent d'une voix enrouée :

– Où allons-nous ?

Zeus désigne une montagne qui se dresse à l'horizon et répond :

– Au sommet du mont Olympe.

CHAPITRE 5

DE NOUVEAUX ALLIÉS

Le choix de Zeus est excellent. Du mont Olympe, la vue est imprenable. C'est l'endroit idéal pour observer l'armée des Titans se rassembler dans la plaine.

Car les Titans sont déjà là ! Ils sont nombreux, très nombreux, et ils ont l'air très en colère ! Même avec les Cyclopes, Zeus, Poséidon, Hadès, Héra, Hestia et Déméter ne sont pas de taille à les affronter.

Zeus réfléchit. Il doit trouver d'autres alliés, et vite ! Il réunit ses frères et sœurs et ordonne :

– Descendez discrètement de la montagne. Vous allez rencontrer des dieux et des déesses. Ils vivent sous la domination des Titans depuis très longtemps. Proposez-leur de nous rejoindre et de combattre à nos côtés. N'oubliez pas de leur dire que les Cyclopes sont avec nous !

– Pourquoi accepteraient-ils de nous aider ? s'étonne Héra.

– Les Titans ne leur ont jamais accordé aucune liberté ni aucun pouvoir, explique Zeus. Ils en ont sûrement assez de subir leur puissance. Nous, si nous gagnons, nous changerons les règles. Nous leur donnerons les privilèges et les honneurs auxquels ils ont droit et dont les Titans les ont privés. Allez, vite ! Ne perdez pas de temps.

Dans la plaine, les Titans commencent à s'organiser.

Sur l'Olympe, les Cyclopes fabriquent des séries d'éclairs tandis que Zeus fait les cent pas.

Ses frères et sœurs vont-ils revenir ? Combien de dieux et de déesses les accompagneront ?

Enfin, des silhouettes surgissent. Le cœur de Zeus bat très fort quand la première se présente :

– Je suis Styx, fille d'Océan, et voici mes enfants. Nous avons entendu ton appel. Nous ne voulons plus de la domination des Titans ni de la terreur qu'ils font régner ; nous combattrons à tes côtés.

Zeus pousse un énorme soupir de soulagement. Il a gagné son pari ! En effet, des dieux et des déesses accourent de partout, promettant de se battre jusqu'au bout à ses côtés. Et il n'y a plus de temps à perdre, car les Titans attaquent ! Leurs hurlements emplissent la plaine alors qu'ils se lancent à l'assaut du mont Olympe.

Au sommet de la montagne, les dieux et les déesses sont prêts. Ils ont organisé leur défense, et les éclairs, les rochers, les projectiles de toutes sortes pleuvent sur les Titans.

La guerre est longue, très longue. Voilà dix ans qu'elle dure ! Parfois, la victoire penche du côté des Titans. Parfois, elle va du côté des Olympiens, comme Zeus et ses alliés se nomment depuis qu'ils sont sur le mont Olympe.

Mais la guerre reprend chaque fois, et rien ne laisse présager qu'elle s'arrêtera un jour.

Zeus sent le découragement gagner ses troupes. Il doit trouver une solution... et de nouveaux alliés.

Il réfléchit.

Les nymphes qui l'ont élevé lui ont raconté de nombreuses histoires. Elles lui ont révélé l'existence des Cyclopes, qui sont devenus des alliés fidèles. Elles ont aussi parlé de trois frères...

Zeus frissonne. Petit, quand il évoquait l'image de ces trois frères, il n'en dormait pas de la nuit. Plus forts que les Titans, plus laids que les Cyclopes, plus terribles qu'eux tous réunis... les Hécatonchires !

Cottos, Briarée, Gygès.

Chacun est doté de cinquante bras accrochés à chaque épaule.

Zeus calcule : cinquante fois deux égalent cent. Cent fois trois égalent trois cents.

Trois cents bras très forts et très puissants qui balanceraient des pierres sur les Titans.

Voilà les alliés dont il a besoin !

Devant ses frères et sœurs, Zeus n'a rien laissé paraître. En fait, il n'est pas très rassuré... Surtout qu'il est seul, cette fois, quand il s'engage à nouveau dans le ventre de la Terre.

Pour trouver les Cyclopes, il est descendu profond. Pour atteindre les Hécatonchires, il parcourt deux fois plus de chemin.

Ici, la lumière est faible et le silence règne. Zeus se sent bien petit et il a très envie de retourner sur ses pas.

Il se raisonne.

C'est lui qui a défié Cronos et déclenché la guerre contre les Titans.

C'est lui qui a entraîné ses frères et sœurs et les dieux et les déesses au sommet de l'Olympe.

C'est à lui de trouver une solution.

Soudain, il s'arrête.

Un gouffre s'ouvre devant lui et lui barre le chemin. Il examine les lieux. Une échelle est couchée sur le sol le long du couloir qu'il vient d'emprunter.

Il se dit qu'il va la tirer, l'installer au-dessus du gouffre et franchir ainsi cet obstacle pour poursuivre sa route.

Puis une illumination lui vient. Une échelle, cela sert à monter et à descendre. Ce n'est pas un pont ! Si celle-ci est posée là, cela signifie qu'elle a une utilité. Et si elle est allongée en haut du gouffre, cela veut dire que ceux qui se trouvent en bas ne peuvent pas remonter. Et ceux qui se trouvent en bas sont...

Zeus frissonne. Ce sont les Hécatonchires !

Zeus n'hésite pas longtemps. Il tire l'échelle et la laisse tout doucement descendre dans les profondeurs.

Le gouffre semble ne pas avoir de fin. L'échelle non plus. Zeus a l'impression qu'elle grandit au fur et à mesure qu'il l'enfonce dans l'obscurité !

Enfin, il perçoit une surface solide que l'échelle a rencontrée. Impossible de la pousser plus loin ! Il la cale comme il faut et il attend.

Il attend longtemps.

Puis, alors qu'il commençait à somnoler, un mouvement le réveille. Il saute sur ses pieds. Il n'a plus du tout sommeil !

Une tête hirsute vient de surgir au ras du sol. Un corps monstrueux la suit : une multitude de bras rattachés à un torse difforme planté sur des jambes courtes et robustes.

L'être extraordinaire qui émerge de l'abîme pose un pied devant Zeus, puis l'autre. Il se redresse et étire longuement ses cent bras.

Pendant ce temps, un autre arrive, et un autre encore.

Zeus ne peut en détacher son regard. Qui sont vraiment ces êtres terribles à qui il vient d'offrir la liberté ? A-t-il eu raison ? Il réalise qu'il est trop tard pour reculer et se poser des questions.

Il toussote et annonce d'une petite voix :

– Euh... Bonjour ! Je m'appelle Zeus, et...

Et il raconte son histoire.

CHAPITRE 6

UN NOUVEL ENNEMI

Zeus ne regrette rien. Les Hécatonchires sont à la hauteur de leur réputation. Ils se tiennent debout au sommet de l'Olympe et leurs bras moulinent sans aucune interruption, envoyant des projectiles sur les Titans. Ils s'en donnent à cœur joie. D'autant plus qu'ils ont une revanche à prendre : ce sont les Titans qui les ont envoyés au fond du gouffre où Zeus les a découverts !

Zeus, ses frères et sœurs, les dieux et les déesses ne sont pas en reste. Ils combattent eux aussi avec fureur. Zeus lance éclair sur éclair. Le tonnerre gronde, le ciel s'embrase, la terre aussi. Tout brûle, même l'océan, même l'eau des fleuves et des rivières, et le Ciel et la Terre gémissent.

Peu à peu, les Titans cèdent, les uns après les autres, vaincus par l'énergie de leurs assaillants.

Dans le silence revenu, les vainqueurs s'observent. Ils sont sales et épuisés. Le paysage qui les entoure est ravagé. Mais ils ont gagné, et une drôle de lumière brille dans leurs yeux.

Zeus n'oublie pas que c'est lui le chef. Il commence par féliciter tout le monde, puis il enchaîne :

– Nous n'avons pas de temps à perdre. Pour l'instant, les Titans sont assommés sous les projectiles que nous leur avons lancés. Mais vous le savez, si nous ne faisons rien, ils reprendront le combat.

Il se tourne vers les Hécatonchires.

– Cottos, Briarée, Gygès, mes amis, nous vous devons un grand merci. Sans vous, jamais nous n'aurions remporté la victoire.

Il marque un temps d'arrêt et poursuit :

– Et sans vous, nous ne pourrons pas vivre en paix. J'ai encore un service à vous demander. Tant qu'ils seront à l'air libre, jamais les Titans ne nous laisseront tranquilles. Alors enchaînez-les et conduisez-les au cœur de la Terre. Jetez-les au fond du Tartare et, comme je veux être sûr que jamais ils ne s'en échappent, montez la garde.

Cottos, Briarée et Gygès se regardent.

Le Tartare est au fin fond de la Terre, au bord du monde. C'est le lieu le plus triste qui soit, envahi par la brume, entouré d'un rempart de bronze. Personne n'y vient jamais et ceux qu'on y enferme n'ont aucune chance d'en ressortir.

– Je sais, reprend Zeus. Je vous demande de retourner dans les profondeurs obscures. Mais cette fois, c'est libres que vous ferez ce chemin. Mieux encore, vous serez les maîtres du Tartare.

Les Hécatonchires hochent la tête. Au fond d'eux-mêmes, ils savent que leur place n'est pas ici, sous l'immensité du ciel. Leur décision est prise. Ils remercient Zeus, font leurs adieux à ses frères et sœurs et à tous les combattants, dévalent les pentes de l'Olympe et emmènent les Titans.

Sur l'Olympe, les dieux et les déesses sont enfin tranquilles.

Zeus est partout. Il organise ; il donne des ordres ; il écoute ; il répond aux questions. Il domine tous les autres dieux et déesses. Il a mûri aussi. Avec ses cheveux qui tombent sur ses épaules et la barbe qui orne son visage, il impose le respect. Il ne viendrait à l'idée de personne de discuter son autorité.

Tout semble donc aller pour le mieux au sommet de l'Olympe.

Mais un jour…

Un jour, le sol tremble et la montagne elle-même en est secouée. Le lendemain, cela recommence. Le jour d'après aussi. Et chaque fois, les secousses et les tremblements sont plus violents !

Zeus est inquiet. Il a bien raison ! Car c'est la Terre qui se réveille. Elle en a assez du bruit, des batailles, des incendies. Durant ces longues années de guerre, personne n'a pensé à elle, à sa douleur, à tout ce qu'elle doit subir. Mais elle, pendant ce temps, a ruminé sa vengeance, et à présent elle est prête. Et elle a eu une idée terrible : elle a donné naissance à un être monstrueux. Un être plus fort que Zeus et tous les dieux de l'Olympe réunis ; plus fort que les Cyclopes ; plus fort que les Titans ; plus fort que les Hécatonchires.

Elle a donné à cet être terrifiant le nom de Typhon.

C'est lui qui fait trembler le sol ! Juste en marchant. Et ceux qui le croisent n'ont qu'une idée : fuir au bout du monde. Car avec son cou de taureau, ses cent têtes qui crachent du feu, ses yeux lance-flammes, ses hurlements, Typhon ne donne pas vraiment envie d'engager la conversation.

Quand il approche de l'Olympe, plusieurs dieux et déesses ont déjà pris leur décision. Nul n'est capable de vaincre ce monstre. Ils vont partir.

Une fois encore, Zeus intervient. Il se dresse devant eux et il a soudain l'air si grand et si puissant que même ceux qui préparaient leurs bagages s'arrêtent.

– Écoutez-moi ! crie Zeus. Nous allons vivre notre dernier combat et nous allons le gagner. Nous le gagnerons parce que nous sommes ensemble. Et ensemble, nous sommes plus forts que ce monstre envoyé par la Terre. Nous aussi, nous pouvons faire trembler le sol ! Nous allons le faire et nous verrons bien qui reculera !

Il ramasse une énorme poignée d'éclairs et ordonne :

– Suivez-moi !

Il est si convaincant que plus personne n'hésite. Chaque dieu et chaque déesse empoigne une arme et lui emboîte le pas.

Zeus avance à grandes enjambées. Il brandit ses éclairs et le tonnerre gronde, une fois, deux fois, trois fois... De plus en plus fort !

Alors le ciel gémit et se couvre de lourds nuages gris, tandis que la mer recule aussi loin que possible. Sous les pas des dieux et des déesses, la terre craque et tremble, comme Zeus l'a promis !

Au pied de l'Olympe, Typhon les regarde venir. Il tend vers eux ses cent têtes et crache des jets de flammes. Zeus est si furieux qu'il oublie d'avoir peur. Il réplique en lançant des éclairs. Il touche une tête, puis une autre, et tous les Olympiens courent à l'attaque.

Le combat dure longtemps. Si longtemps que les Olympiens reculent, épuisés. Il ne reste que Zeus et Typhon, face à face, et un terrible duel s'engage. Les deux adversaires se portent des coups violents et aucun ne cède. Les Olympiens sont hypnotisés par la puissance du combat. Les têtes de Typhon se balancent, menaçantes. Chacune darde vers Zeus une longue langue noire tandis que du feu jaillit de tous leurs yeux. Zeus ne se laisse pas impressionner. Il est partout à la fois et semble infatigable. Et il l'est. Sa réserve d'éclairs se reconstitue au fur et à mesure qu'il l'écoule. Il les envoie sans discontinuer, et chacun atteint son but.

De son côté, Typhon commence à donner des signes de faiblesse. Une tête s'affaisse sur le sol. Puis une autre, et une autre encore. Les Olympiens ne le quittent pas des yeux et Zeus ne relâche pas ses attaques. Enfin, le corps immense du monstre s'écroule sur le sol.

Alors la Terre s'ouvre et une large faille apparaît avec du feu qui brûle au fond. Quand elle se referme, Typhon a disparu.

CHAPITRE 7

LE MAÎTRE DE L'OLYMPE

Le silence règne à présent sur la Terre.

Un silence profond, comme si tous les êtres vivants avaient disparu.

Mais il n'en est rien ! Le chant d'un oiseau éclate joyeusement.

Zeus lève la tête vers le ciel. Les nuages ont fui et il est d'un bleu transparent. Puis il observe le sol. Il ne reste aucune trace de la faille qui a englouti Typhon. L'herbe a recouvert le lieu du combat, et des fleurs de toutes les couleurs jaillissent, embaumant l'air de mille parfums différents. Le vent chantonne dans la forêt proche et, depuis l'horizon, le murmure de la mer lui répond.

Zeus pivote lentement vers ses frères et sœurs et les autres dieux et déesses. Tous le dévisagent, frappés de stupeur. Les cheveux, la barbe et même les sourcils de Zeus sont devenus d'un blanc neigeux ! Il a également grandi et son regard est empreint de gravité.

Zeus considère ses alliés un long moment, puis il s'avance vers eux. Les dieux et les déesses s'écartent respectueusement pour le laisser passer. Il traverse à pas lents cette haie d'honneur, gagne le mont Olympe et le gravit tandis que les autres se mettent en marche pour le suivre.

Du sommet, il contemple la Terre. Elle est calme et paisible à présent, comme si Typhon avait emporté avec lui la violence et la fureur. Il avise un rocher creusé en forme de siège et s'y assoit majestueusement. Voilà qui fera un trône parfait, juste à sa taille ! Car il sait qui il est à présent : fils du Titan Cronos et de la Titanide Rhéa, maître de l'Olympe et des Olympiens, il est Zeus, celui qui va bâtir un ordre nouveau où chaque dieu et chaque déesse aura sa place.

Et autant commencer tout de suite.

Assis sur son trône, il s'adresse à ceux qui se sont massés devant lui.

– Dieux et déesses, écoutez-moi. Vous avez rejoint l'Olympe en toute liberté et vous avez été des alliés fidèles et efficaces dans notre lutte contre les Titans puis contre Typhon. À votre arrivée, je vous ai promis que vous retrouveriez les privilèges et les honneurs dont les Titans vous ont privés. Le jour est venu de tenir cette promesse.

Il marque une pause et se tourne vers ses frères.

– Poséidon, je commencerai par toi. Je te donne le royaume des mers. Ton palais se trouvera sous les eaux. Tu régneras sur le monde marin et ses habitants. Toi, Hadès, tu seras le maître des Enfers. Tu accueilleras les ombres des morts et tu en prendras soin.

Puis il s'adresse à ses sœurs :

– Toi, Héra, tu seras la déesse du mariage et tu veilleras à la fidélité des époux et des épouses. Toi, Hestia, tu régneras sur les foyers et tu en assureras la tranquillité. Quant à toi, Déméter, tu parcourras la Terre et tu apporteras la fertilité aux sols pour que les plantes puissent pousser.

Les autres dieux et déesses se regardent. Après cette généreuse distribution, il ne va plus rien leur rester !

Mais si. Zeus poursuit :

– Toi, Styx, tu as été la première à nous rejoindre. Tu seras celle qui unit l'Océan aux Enfers. Tu seras aussi la garante des serments que les dieux feront. Tes enfants resteront à mes côtés et vivront ici, sur l'Olympe.

« Toi, Hécate, tu connais aussi bien la Terre que la mer et le Ciel ; tu sais aussi les secrets de la magie. Tu seras celle qui conseille les dieux.

« Toi, Aphrodite, tu apporteras l'amour dans les cœurs...

Zeus continue ainsi, et chaque dieu, chaque déesse reçoit la part de pouvoir qui lui convient.

À la fin, les dieux et les déesses s'éparpillent et Zeus pousse un long soupir. Tant de choses se sont produites depuis qu'il a quitté la Crète ! Il ferme les yeux et aussitôt des images surgissent : le regard moqueur de la chèvre Amalthée ; les voix rieuses des nymphes ; la douceur de la lumière dans la clairière quand le soleil descend ; le goût du nectar qui coule des cornes d'Amalthée... Tout cela est si loin... et si proche !

À présent, il est le maître de l'Olympe. Il a réparti les pouvoirs et les honneurs entre ses frères, ses sœurs et ses alliés. Pourtant, il sait que tout ne fait que commencer...

POUR EN SAVOIR PLUS SUR

L'HISTOIRE DE ZEUS

L'histoire de Zeus appartient à la mythologie grecque. On connaît la mythologie grâce à des textes, des monuments, des statues, des vases et toutes sortes d'objets que l'on a retrouvés. Est-ce que cela signifie que l'histoire de Zeus est une histoire vraie ? Pas si simple...

Comment connaît-on l'histoire de Zeus ?

En partie grâce à des textes.
Ces textes ont été écrits par des auteurs qui ont vécu il y a très longtemps, comme Hésiode, Pausanias, ou encore Apollodore. On connaît aussi cette histoire grâce aux peintures des vases grecs qui montrent, par exemple, Rhéa en train de donner à Cronos une pierre enveloppée de langes; et aussi à travers des statuettes comme celles qui représentent Zeus brandissant des éclairs.

Qui est Hésiode ?

Un auteur grec.
Il a vécu à la fin du VIIIe siècle avant J.-C. Dans *Théogonie*, un récit

qui raconte l'histoire des dieux, il retrace notamment l'histoire de la naissance de Zeus et son combat contre les Titans.

Qui est Pausanias ?

Un auteur grec.

Il a vécu au IIe siècle après J.-C. Il a voyagé en Grèce et décrit tout ce qu'il voyait. Dans *Description de la Grèce*, il parle de la naissance de Zeus.

Qui est Apollodore ?

On ne sait pas vraiment !

On sait qu'un Apollodore d'Athènes a vécu au IIe siècle avant J.-C. Longtemps, on a pensé qu'il était l'auteur de *Bibliothèque*, qui regroupe de nombreuses histoires de la mythologie grecque. Mais aujourd'hui, on pense que les textes de *Bibliothèque* ont plutôt été écrits entre le Ier et le IIIe siècle après J.-C. par un inconnu à qui on a donné le nom de « Pseudo-Apollodore ». L'un des textes de *Bibliothèque* évoque les aventures de Zeus.

Qui est Zeus ?

Le dieu du ciel et de la foudre.

Zeus est le fils du Titan Cronos et de la Titanide Rhéa. Il est le petit-fils de Gaia, la Terre, et d'Ouranos, le Ciel. Il est aussi le maître de l'Olympe.

Qui sont les Titans et les Titanides ?

Des enfants de la Terre et du Ciel et leurs descendants.

Au début, il n'y avait que le Chaos ; personne ne sait de quoi il s'agissait. Puis la Terre arriva. Elle donna naissance au Ciel et, ensemble, ils eurent de nombreux enfants. Parmi ces enfants, il y eut six Titans : Océan, Coéos, Crios, Hypérion, Japet et Cronos ; et six Titanides : Théia, Rhéa, Thémis, Mnémosyne, Phoebé et Téthys. Ces Titans eurent des enfants, qui eurent eux aussi des descendants.

Les Cyclopes ont-ils vraiment existé ?

Non.

Mais de nombreuses légendes courent à leur sujet et mettent en scène différentes familles de Cyclopes. Au début des temps, la Terre donne naissance à trois Cyclopes : Brontès, Stéropès et Argès. Ils aideront le dieu Zeus à conquérir l'Olympe en lui offrant l'éclair. Polyphème et ses compagnons du pays des Yeux-Ronds, eux, sont nés des amours de Poséidon, le dieu de la mer, et de la nymphe Thoosa. À partir du XIVe siècle avant J.-C., des villes fortifiées sont bâties en Grèce. Leurs murailles sont si imposantes que l'on raconta qu'elles avaient été édifiées par les Cyclopes.

Le mont Olympe existe-t-il ?

Oui.

Il est situé dans le nord de la Grèce, sur la côte de la mer Égée. C'est le plus haut sommet de Grèce. Il culmine à près de 3 000 m d'altitude.

Où se trouve la Crète ?

Dans le sud de la mer Méditerranée.

La Crète est une grande île montagneuse de forme allongée.

Que fait Zeus de la pierre recrachée par son père ?

Il la ramasse.

La pierre est plantée à Pythô, sur une terrasse située au pied de hautes falaises. Pythô est l'ancien nom de Delphes, une cité grecque. Le musée de Delphes abrite toujours l'*omphalos*, une grosse pierre qui représente le nombril (le centre) de la Terre. Il s'agirait de la pierre recrachée par Cronos.

Quel est le liquide qui coule de la corne d'Amalthée ?

Le nectar des dieux.

Le nectar et l'ambroisie sont des nourritures destinées aux dieux. Ils donnent l'immortalité. L'une des cornes d'Amalthée deviendra la corne d'abondance : elle se remplit de fruits sur un simple souhait.

Qui est Styx ?

Une fille d'Océan.

Styx est aussi le fleuve des Enfers. Les dieux qui prêtent un serment en se référant à Styx doivent le respecter. Celui qui rompt son serment reste à terre pendant une année, sans respirer, privé du nectar et de l'ambroisie. Puis, durant neuf ans, il est tenu à l'écart des autres dieux.

TABLE DES MATIÈRES